texto e ilustrações de
Patricia Gwinner

À Ruth Albuquerque, um exemplo a ser seguido.
E a todos que ajudam e respeitam os animais.

Dados Internacionais de Catalogação na Publicação (CIP)
(Câmara Brasileira do Livro, SP, Brasil)

Gwinner, Patricia
  Jubonaldo, o leão / texto e ilustrações de Patricia Gwinner.
– 7. ed. – São Paulo : Paulinas, 2012. – (Coleção fadas e fábulas)

  ISBN 978-85-356-3099-2

  1. Literatura infantojuvenil   I. Título.   II. Série.

12-03743   CDD-028.5

Índices para catálogo sistemático:
  1. Literatura infantil   028.5
  2. Literatura infantojuvenil   028.5

Revisado conforme a nova ortografia..

Nenhuma parte desta obra pode ser reproduzida ou transmitida por qualquer forma e/ou quaisquer meios (eletrônico ou mecânico, incluindo fotocópia e gravação) ou arquivada em qualquer sistema ou banco de dados sem permissão escrita da Editora. Direitos reservados.

7ª edição – 2012
1ª reimpressão – 2019

Paulinas
Rua Dona Inácia Uchoa, 62
04110-020 – São Paulo – SP (Brasil)
Tel.: (11) 2125-3500
http://www.paulinas.com.br – editora@paulinas.com.br
Telemarketing e SAC: 0800-7010081

© Pia Sociedade Filhas de São Paulo – São Paulo, 2002

Sabe aquelas pessoas que em casa são uma coisa e na rua são outra? Jubonaldo era assim... Ele, em casa, comia com talheres, usava guardanapo, não colocava os cotovelos na mesa, lavava sua louça, fazia tudo direitinho. Aliás, ele gostava de tudo certo e arrumado.

Seus hábitos eram bem civilizados, gostava de boa música, bons livros e boa comida.

Adorava tomar banho e fazer uma imensa espuma de xampu em sua vastíssima juba.

Jubonaldo era assim, cortês e educado em casa, né? Porque na rua, Jubonaldo era um inferno, uma peste. Uma vez ele foi a um aniversário, subiu em cima da mesa e comeu o bolo enfiando a cara toda. E ainda deu um grande arroto, causando um enorme constrangimento na festa.

Jubonaldo, por ser um leão, pensava desta forma: "*Os leões são muito rudes. Se alguém descobrir que gosto de ler romances, escrever poemas e cultivar plantinhas, e que minha casa é toda arrumada, vai pensar o que de mim? Vai é me ridicularizar. Eu preciso ser mau. Muito mau, como todos os leões*".

Os amigos tinham mesmo medo de Jubonaldo. Ninguém sabia o que ele podia aprontar...

Um dia, Jubonaldo recebeu uma carta de seu primo, o gato Galileu. Galileu resolvera fazer uma obra no encanamento do banheiro e precisava passar uns dias hospedado na casa de alguém, e quem ele escolheu? Seu primo em segundo grau.

E Jubonaldo lá se lembrava dele? De jeito nenhum. Pegou uns álbuns de fotografia e procurou pelo primo gato. Mas não achou sequer uma foto 3x4. E agora?

"E se esse primo chegar e vir minhas cortinas de bordado inglês? Nossa! Eu enfio a cara onde? Nas minhas almofadas de matelassê? E... Mas os gatos soltam muito pelo, pode até estragar meu som... e se... ele resolver afiar as unhas na minha poltrona novinha?"

Jubonaldo teria escrito para seu primo se o mesmo não tivesse omitido o remetente. Inventaria qualquer desculpa pro primo não aparecer...

"Acho que vou ter que empacotar toda a minha casa, deixar ela completamente vazia Vou usar dois pratos: um pra água outro pra comida. Colocar uma palha pra fazer de cama... E minha banheira de hidromassagem, o que faço com ela? Hum... escondo com madeiras e coloco uma tina em cima..."

Sempre que vem uma visita, as pessoas arrumam correndo a casa, Jubonaldo tinha que fazer tudo ao contrário. E deu tempo? Deu nada...

Chegou o gato e pegou seu primo com a casa toda arrumada, brilhando de tão limpa... Jubonaldo morreu de vergonha... O gato não disse nada. Foi logo entrando, arriou a mala e se instalou no sofá. Olhou bem na cara do leão e perguntou:

– Você não tem pulgas, né?

O leão ficou muito brabo, mas se controlou.

– Não, não tenho. E você, é filho de quem?

– Da sua tia, primo...

– Qual?

– Coelhita, sua tia Coelhita.

Não! Tia Coelhita foi um caso muito falado. Coelhita, uma linda coelhinha, enrabichou-se por um gato – tio Gaspar – que, para conquistá-la, passava por lebre.

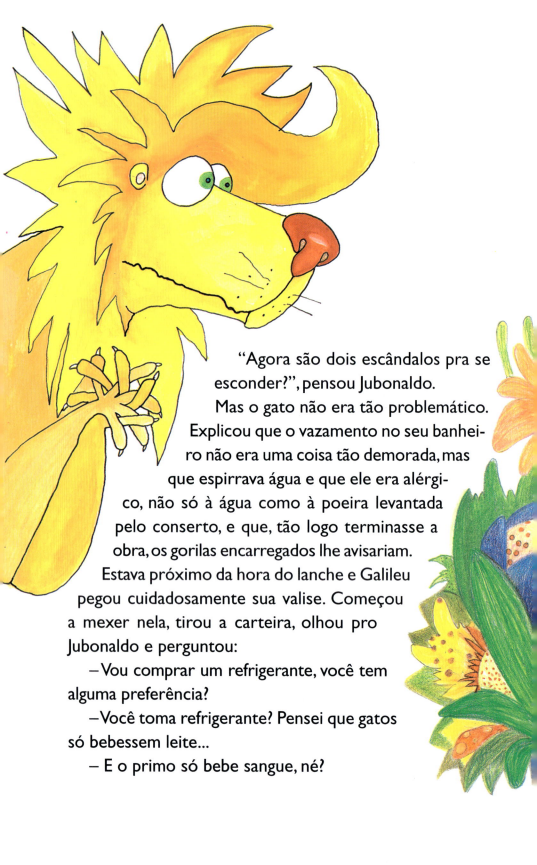

"Agora são dois escândalos pra se esconder?", pensou Jubonaldo.

Mas o gato não era tão problemático. Explicou que o vazamento no seu banheiro não era uma coisa tão demorada, mas que espirrava água e que ele era alérgico, não só à água como à poeira levantada pelo conserto, e que, tão logo terminasse a obra, os gorilas encarregados lhe avisariam.

Estava próximo da hora do lanche e Galileu pegou cuidadosamente sua valise. Começou a mexer nela, tirou a carteira, olhou pro Jubonaldo e perguntou:

– Vou comprar um refrigerante, você tem alguma preferência?

– Você toma refrigerante? Pensei que gatos só bebessem leite...

– E o primo só bebe sangue, né?

Jubonaldo nunca tinha bebido sangue. Ele não sabia responder àquele gato. Lógico, os leões bebem sangue o tempo todo!

— Mas, quando não está bebendo sangue, qual refrigerante você prefere?

Jubonaldo estava habituado a ser mau, mas aquele primo não era um caso de exercícios de maldade, ele era espertinho.

— Prefiro leite, não gosto de refrigerante.

O gato olhou o leão por alguns segundos intermináveis, como se pensasse algo bem profundo, e saiu.

Jubonaldo deixou-se cair numa poltrona, olhou pro chão e caiu em si. "Eu odeio refrigerantes, sempre odiei e sempre bebi. Todos têm gosto de água estragada...

E tia Coelhita? Eu pouco me lembro dela, exceto que ela era meio dentuça, alva e roliça... Eu era bem criança. Meus primos viviam comentando que um dia não iam deixar nenhuma de suas imensas orelhas. Eu queria ser mau como eles. Mas nunca consegui. Eu não queria comer tia Coelhita. Mas por que tinha que cair logo aqui esse seu filho?"

Jubonaldo, mergulhado em sua infância, nem reparou quando a campainha começou a tocar. "Eu podia me fazer de surdo, de morto, deixar esse gato morrer seco com o dedo na campainha, pra que vou abrir? Pela tia Coelhita? Pelo tio Gaspar? Pra me vingar de meus cruéis priminhos que viviam apostando qual deles seria mais rápido em abocanhá-la? Mas será que eu queria ser mesmo igual a eles? Esse gato não vai tirar o dedo da campainha? Deixo ele entrar? Ou abro a porta,

jogo sua valise e mala em cima dele, tranco a porta e empurro um armário para que ele não entre de jeito nenhum? Que loucura! Sou dez vezes maior que ele..."

De repente, Jubonaldo ficou de novo forte e grande, e conseguiu abrir a porta. O gato entrou com duas bolsas de supermercado.

— Meu nariz está com cãibra de tanto que apertou a campainha... Trouxe algumas coisas que achei que você não tinha em casa e que eu não passo sem...

— Você não trouxe ratos, camundongos e baratas, não é?

— Primo, já que vou passar um tempo aqui, acho que é melhor não mentir... Odeio camundongos e baratas. Acho que é meu lado coelho. E não gosto de refrigerante, odeio refrigerante. Eu gosto de leite, torta de cenoura, bolacha de água e sal e ricota.

— Ricota não tem gosto de nada, Galileu. A menos que você faça pastas com ela.

— Foi pensando exatamente nisso que eu a trouxe: para fazer pastinhas pra passar nas bolachas. Qual a sua favorita?

— Ricota com iogurte amassado e azeite de oliva. Fica ótimo...

— Então vou fazer, porque essa eu não conheço.

Eles lancharam numa simpática toalha xadrez. Galileu se prontificou a lamber todos os pratos e copos mais tarde, mas Jubonaldo disse que não se incomodava de lavar aquela louça toda. Galileu era um bom *gourmet* e Jubo gostava de comer bem, mas daí a ter um estranho em sua casa vai uma longa distância.

— Quanto tempo você acha que vai levar essa fase de espirros d'água e poeira?

— Uns *(grunhidos)* dias... Por quê? Você acha que vou atrapalhar muito sua vida?

— Acho.

Há muito tempo Jubo não era tão sincero e com tanta frequência, e isso também o espantava.

— Primo, se você quiser, eu vou embora, mas eu não vim por causa da obra, vim porque mudou uma família de *dobermanns* pra casa do lado e eles me olham como se eu fosse um croquete. É horrível. Coloquei minha casa à venda. Não existe obra.

— Você colocou sua casa à venda e veio pra cá?

— É isso mesmo que eu falei... Você não é surdo...

— Só repeti pra escutar de novo e ver se acredito.

— É verdade. Você me conhece pouco, eu não sou de mentiras.

— Como não é? E a obra?

— A obra eu gostaria de fazer. Não é mentira, é um desejo.

— E os gorilas?

— Não conheço nenhum gorila...

— Então você mente.

– Não menti, foi só um desejo bem construído... Achei que ficava bom ter gorilas encanadores na minha desculpa pra vir pra cá...

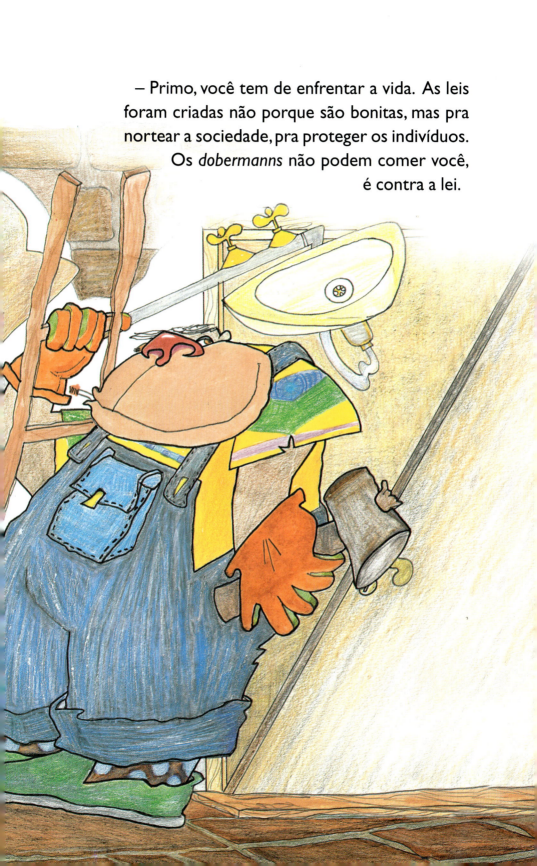

– Primo, você tem de enfrentar a vida. As leis foram criadas não porque são bonitas, mas pra nortear a sociedade, pra proteger os indivíduos. Os *dobermanns* não podem comer você, é contra a lei.

— É contra a lei, mas eu sei que eles me acham apetitoso. Eu vejo nos seus olhos pequenos e cruéis. Eu não saio mais à noite. Eu tenho medo. Às vezes, eu tenho a impressão que tem um *dobermann* debaixo da minha cama e que ele vai segurar

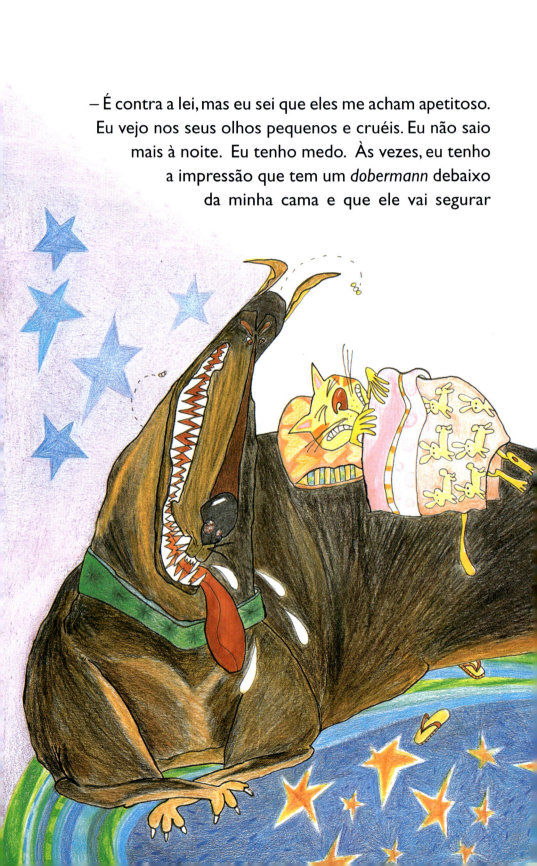

minha pata, que está escondido atrás da porta do banheiro, dentro do armário, que vai pular e me estraçalhar. Se ao menos houvesse um bairro só de gatos... Deveria haver um bairro só para cães bem longe, lá na China, onde eles são comidos.

– Os chineses comem gatos também, eles comem tudo, qualquer coisa. Acho que é por isso que os pandas estão em extinção... Você, colocando sua casa à venda, só vai fortalecer os *dobermanns*. Pode acontecer de se mudar outra família de *dobermanns*. Você está mesmo com medo, né?

– Pra você deve ser fácil falar de medos, não tem medo de nada. Como pode entender o medo que sinto? Você nunca teve medo, nunca precisou pensar horas e horas antes de sair de casa!

Ah, se aquele gato soubesse o tormento que era para o leão sair de casa, a dificuldade que ele sentia em inventar os seus maus modos, sendo ele tão polido e educado, tendo que se transformar num ser grosseiro, ele, um leão lorde...

— Primo, todos nós temos situações difíceis. Mas precisamos aprender a lidar com elas... Você já pensou em usar uma armadura?

— Eu fui mais longe, pensei em me vestir de *dobermann*, ser um espelho deles, um igual.

— Você podia tentar uma fantasia de *fox terrier* ou *beagle*, *cocker spaniel*, mas *dobermann*?! Eles são maiores...

— Pois é, a fantasia... cabiam quatro de mim lá dentro.

— Então chegou a comprar a fantasia?

— Fiz, sou craque na máquina de costura.

— Já pensou em artes marciais?

— Sabe quantos anos são necessários para se ficar no ponto de apanhar sem muito sofrimento? É a metade do tempo pra se bater...

— Por que você não vai morar com sua mãe? Ah... os pastéis de nata da tia Coelhita... deliciosos...

— Ah... os pastéis... os pastéis e a amiga dela.

— Como assim?

— Mamãe está morando com dona Marli.

— Marli?!

— Marli foi um grande escândalo em Minas. Ela é uma linda galinha ruiva que casou com um pavão negro e foi expulsa da cidade. Nem os jornais cobriram o fato. Marli foi morar em Nice, na França, e exportava para o Brasil os famosos ovos de chocolate finamente decorados. Mas saiu só uma notinha na seção de economia, falando sobre as divisas que deixavam de entrar no país. Bem, mamãe é do ramo, "faz bicos" de coelha na Páscoa. Daí parece que o pavão se encantou com uma cisne, e dona Marli resolveu voltar pro Brasil e foi morar com mamãe... dona Marli é uma tentação...

— Mas assim, gato, você está agindo como os *dobermanns*...

E Galileu cobriu seu rosto com o braço enquanto disse:

— Será que mamãe ia estranhar se eu devorasse sua melhor amiga?

— Ela ia te dar uma surra inesquecível, no mínimo.

— Pois então... achei melhor vir pra cá.

Jubo não podia entender a estada do primo por toda a vida e não se sentia à vontade de expulsá-lo simplesmente, então propôs:

— O que você acha de eu passar uns tempos na sua casa? Com certeza eles não esperam que você tenha um parente com o meu tamanho.

— Com o seu tamanho, seus dentes e sua ferocidade, ótima ideia! — empolgou-se o gato.

— Vamos para sua casa amanhã!

O gato não cabia e

Quando chegaram lá, Jubo estranhou a quantidade de livros na estante, seus belos objetos, a qualidade de seu gosto musical. O ambiente refletia um refinamento que tranquilizou Jubo.

– À noite, vamos espiar seus vizinhos. Quero ter certeza da quantidade e do tamanho deles.

Eles jogaram damas até a noite. Foram partidas e partidas equilibradas, regadas a mate, bolachas e pasta de ricota.

À noite, saíram com cuidado para não despertar suspeitas, pé ante pé. Pela janela, espiaram a casa. A família comia *pizza* de mussarela na maior animação e conversava.

— Eu sempre pensei que eles comessem carne crua.

— Carne crua e gatos, como eu.

De repente, a mãe *dobermann* pediu silêncio e falou:

— Precisamos definir o que vamos fazer no almoço da família Fila, tem que ser uma boa desculpa. Se desconfiam que somos lactovegetarianos, seremos ridicularizados.

Ouvindo isso, Jubo e Galileu se entreolharam, colocaram a mão na boca e saíram rapidamente.

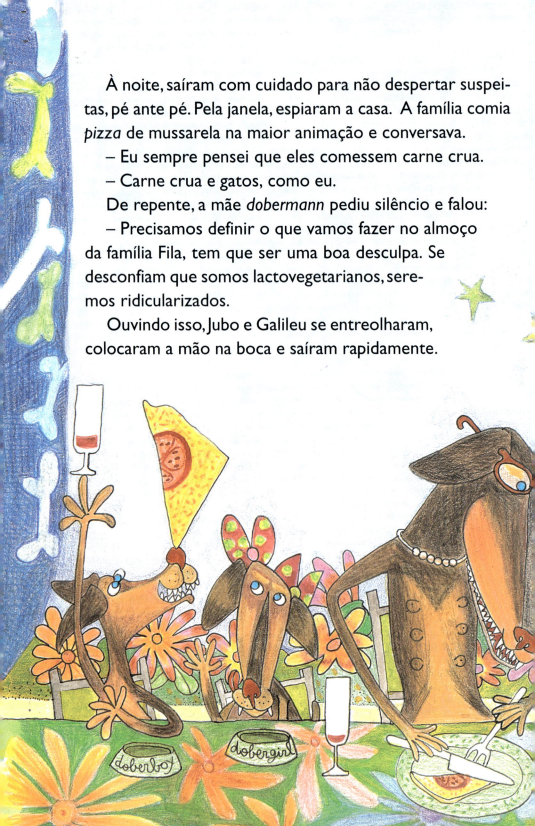

— Eles salivavam quando viam você, não é?

— Vai ver que isso é parte da encenação, dos planos deles — disse o gato envergonhado e depois continuou:

— Primo, você é um grande leão, o maior de todos! Se não fosse você, estaríamos perdidos, eu e Pingo de Lua.

— ???

— Pingo de Lua é meu peixinho dourado. Não tenho vergonha de me abrir com você. Tenho um, de estimação. Sempre escondi isso dos outros. Sabe, primo, acho que a vida seria bem mais fácil se a gente pudesse ser como realmente é. Amanhã vou levar meu peixe pra pegar sol e, quando esses monstros lactovegetarianos passarem por mim salivando com seus olhos negros e miúdos, vou fazer de conta que nem é comigo.

— E se eles rirem de você, com seu peixinho?

— Eles vão rir a primeira, a segunda, talvez a terceira vez. Depois não vão rir mais.

— Sabe, Galileu, você não é covarde como eu pensei. Eu não teria metade da sua coragem.

— E existe alguém mais corajoso que um leão?

— Lógico que não! – o leão respondeu rápido.

E Jubonaldo voltou pra casa, chamou seus amigos e disse:

— Vocês vão ver agora algo que só um rei dos animais consegue ter.

Escancarou a porta de sua casa, serviu um delicioso bolo e foi o mais perfeito anfitrião.

— Vocês conhecem alguém mais educado que eu, com uma casa mais bonita que a minha?

O coelho bem que pensou em abrir a boca, mas pra que estragar uma reunião tão simpática como aquela?